U0068148

作者簡介 崔永嬿

畢業於國立台北藝術大學美創所，喜歡創作，希望可以帶著紙筆四處旅行。
她偏好的創作主題包括：孩子心理狀態的描摹和內在自我的探索等。
希望能透過說故事的形式，讓一些不容易被了解的孩子，能夠有更多被理解的機會，
也讓大人能夠漸漸看見孩子的內心世界。

出版過《亂七八糟》、《看我！看我！》、《超級哥哥》、《地震王國》、《小罐頭》、
《好耶！胖石頭》以及《捨不得》等書。
作品曾入選 2002 年波隆那國際兒童書插畫展，2002、2004 年日本亞洲插畫雙年展優等獎
（BAIJ02, BAIJ04），1999 年國語日報牧笛獎圖畫故事書優等獎。
2006 年受邀為國立故宮博物院【Old Is New】活動設計公仔，
作品曾參與【女性插畫家歐洲巡迴聯展（The Fabulous Coloured Pencils in the World）】
及【第三屆伊朗國際插畫展（The 3rd International Exhibition of Dictionary Illusrtation ”Zebra”）】。

繪本 0255
奶奶的記憶森林

作繪者｜崔永嬿
責任編輯｜李寧紜
行銷企劃｜陳詩茵

天下雜誌群創辦人｜殷允芃
董事長兼執行長｜何琦瑜
媒體暨產品事業群
總經理｜游玉雪　副總經理｜林彥傑
總編輯｜林欣靜　行銷總監｜林育菁　資深主編｜蔡忠琦
版權主任｜何晨瑋、黃微真

出版者｜親子天下股份有限公司
地址｜台北市 104 建國北路一段 96 號 4 樓　電話｜（02）2509-2800　傳真｜（02）2509-2462
網址｜www.parenting.com.tw
讀者服務專線｜（02）2662-0332　週一～週五：09:00~17:30
讀者服務傳真｜（02）2662-6048　客服信箱｜parenting@cw.com.tw
法律顧問｜台英國際商務法律事務所‧羅明通律師
製版印刷｜中原造像股份有限公司
總經銷｜大和圖書有限公司　電話：（02）8990-2588

出版日期｜2014 年 10 月第一版第一次印行
　　　　　2023 年 7 月第二版第四次印行
定價｜300 元　書號｜BKKP0255P　ISBN｜978-957-503-632-4（精裝）

訂購服務
親子天下 Shopping｜shopping.parenting.com.tw　海外‧大量訂購｜parenting@cw.com.tw
書香花園｜台北市建國北路二段 6 巷 11 號　電話（02）2506-1635　劃撥帳號｜50331356 親子天下股份有限公司

掃一掃 聽故事
國語版　臺語版

立即購買 >

奶奶的記憶森林

文・圖 崔永嬿

小兔子毛奇妮很愛爸爸，也很愛媽媽，但是她最愛的是奶奶。

奶奶什麼都懂，她教毛奇妮種蘿蔔、織毛線、編草籃和花圈，還有淑女兔子的正確跳法。

奶ㄋㄞˇ奶ㄋㄞˋ告ㄍㄠˋ訴ㄙㄨˋ毛ㄇㄠˊ奇ㄑㄧˊ妮ㄋㄧˊ遇ㄩˋ到ㄉㄠˋ狐ㄏㄨˊ狸ㄌㄧˊ要ㄧㄠˋ小ㄒㄧㄠˇ心ㄒㄧㄣ，　但ㄉㄢˋ是ㄕˋ不ㄅㄨˋ要ㄧㄠˋ把ㄅㄚˇ所ㄙㄨㄛˇ有ㄧㄡˇ的ㄉㄜ˙狐ㄏㄨˊ狸ㄌㄧˊ都ㄉㄡ當ㄉㄤ成ㄔㄥˊ壞ㄏㄨㄞˋ蛋ㄉㄢˋ；　和ㄏㄜˊ土ㄊㄨˇ撥ㄅㄛ鼠ㄕㄨˇ做ㄗㄨㄛˋ好ㄏㄠˇ朋ㄆㄥˊ友ㄧㄡˇ，　要ㄧㄠˋ小ㄒㄧㄠˇ心ㄒㄧㄣ他ㄊㄚ長ㄔㄤˊ長ㄔㄤˊ的ㄉㄜ˙爪ㄓㄨㄚˇ子ㄗ˙。

有ㄧㄡˇ一ㄧˊ個ㄍㄜˋ這ㄓㄜˋ麼ㄇㄜ˙棒ㄅㄤˋ的ㄉㄜ˙奶ㄋㄞˇ奶ㄋㄞˋ，　毛ㄇㄠˊ奇ㄑㄧˊ妮ㄋㄧˊ覺ㄐㄩㄝˊ得ㄉㄜˊ好ㄏㄠˇ幸ㄒㄧㄥˋ福ㄈㄨˊ。

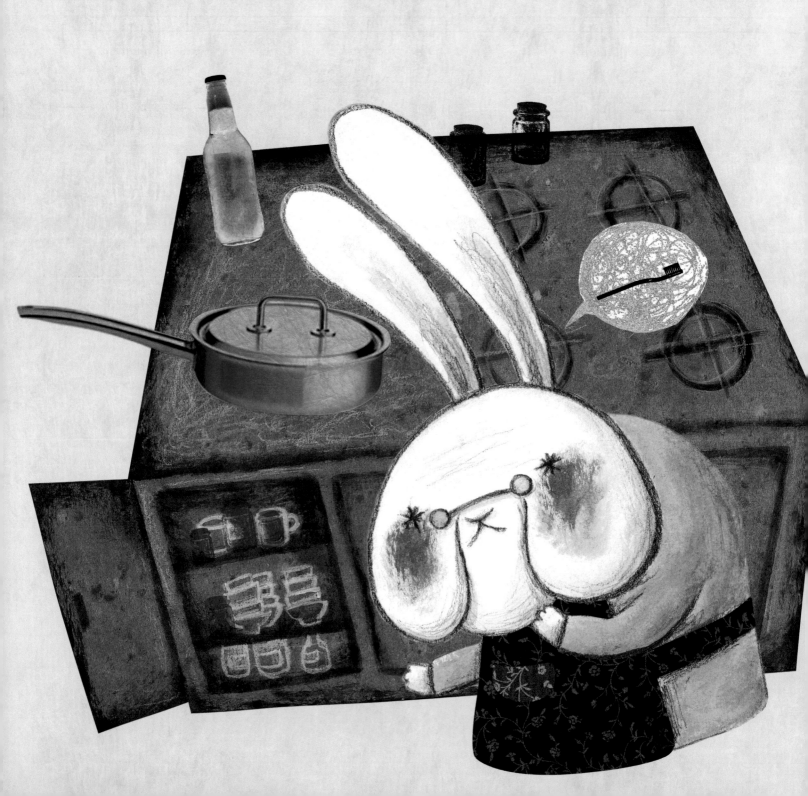

可是不知道為什麼，　奶奶最近變得很奇怪。　她總是忘東忘西，　她跑到房間找鍋子，　跑到廚房找牙刷。
奶奶也常分不清楚東西的名字，　她把「口袋」講成「抽屜」；把「拖鞋」講成「拖地」。

毛奇妮總是會幫奶奶把東西找到，　可是，　漸漸的越來越困難了，　因為奶奶連要找什麼都說不出來。

奶奶甚至忘了家裡的地址和電話號碼，　忘了朋友的名字和聯絡方式。

毛奇妮好擔心，有一天奶奶也會忘了她。

以前，奶奶每天都會帶毛奇妮一起去森林裡散步，森林就像是奶奶和毛奇妮的大花園。可是現在奶奶卻常常在森林裡迷路，連回家的路都忘了。

偶爾，奶奶會想起一些事，這時候她會很傷心、很生氣，覺得自己變成一個沒有用的老奶奶。

當奶奶傷心的時候，毛奇妮也會跟著傷心。

她對奶奶說：「我每天陪奶奶去森林散步，帶奶奶回家。我要幫奶奶記住所有的事。」

毛ㄇㄠ奇ㄑㄧ妮ㄋㄧ好ㄏㄠ希ㄒㄧ望ㄨㄤ能ㄋㄥ夠ㄍㄡ回ㄏㄨㄟ到ㄉㄠ從ㄘㄨㄥ前ㄑㄧㄢ。
她ㄊㄚ把ㄅㄚ家ㄐㄧㄚ裡ㄌㄧ每ㄇㄟ樣ㄧㄤ東ㄉㄨㄥ西ㄒㄧ都ㄉㄡ貼ㄊㄧㄝ上ㄕㄤ名ㄇㄧㄥ字ㄗ，把ㄅㄚ奶ㄋㄞ奶ㄋㄞ朋ㄆㄥ友ㄧㄡ們ㄇㄣ的ㄉㄜ電ㄉㄧㄢ話ㄏㄨㄚ號ㄏㄠ碼ㄇㄚ記ㄐㄧ在ㄗㄞ簿ㄅㄨ子ㄗ裡ㄌㄧ，還ㄏㄞ幫ㄅㄤ奶ㄋㄞ奶ㄋㄞ做ㄗㄨㄛ了ㄌㄜ一ㄧ條ㄊㄧㄠ美ㄇㄟ麗ㄌㄧ的ㄉㄜ項ㄒㄧㄤ鍊ㄌㄧㄢ，上ㄕㄤ面ㄇㄧㄢ寫ㄒㄧㄝ了ㄌㄜ家ㄐㄧㄚ裡ㄌㄧ的ㄉㄜ電ㄉㄧㄢ話ㄏㄨㄚ和ㄏㄜ地ㄉㄧ址ㄓ。

毛ㄇㄠˊ奇ㄑㄧˊ妮ㄋㄧˊ想ㄒㄧㄤˇ盡ㄐㄧㄣˋ辦ㄅㄢˋ法ㄈㄚˇ幫ㄅㄤ奶ㄋㄞˇ奶ㄋㄞˇ記ㄐㄧˋ住ㄓㄨˋ所ㄙㄨㄛˇ有ㄧㄡˇ的ㄉㄜ事ㄕˋ。

她ㄊㄚ幫ㄅㄤ奶ㄋㄞˇ奶ㄋㄞˇ編ㄅㄧㄢ花ㄏㄨㄚ圈ㄑㄩㄢ、做ㄗㄨㄛˋ草ㄘㄠˇ籃ㄌㄢˊ，和ㄏㄜˊ奶ㄋㄞˇ奶ㄋㄞˇ講ㄐㄧㄤˇ他ㄊㄚ們ㄇㄣ˙之ㄓ間ㄐㄧㄢ的ㄉㄜ

小ㄒㄧㄠˇ祕ㄇㄧˋ密ㄇㄧˋ。

她還花了整個下午為奶奶畫了一張森林的地圖。

但是奶奶的記憶就像拼圖， 一片一片掉落不見。
而拼圖只要遺失了， 就很難再找回來。
現在奶奶連爸爸都不認得了， 毛奇妮好害怕， 她偷偷
想著 —— 奶奶忘記什麼都沒關係， 就是別忘了我。

毛奇妮不斷提醒奶奶
家裡每個人的名字， 她想
把奶奶遺失的記憶拼圖都
找回來。 但是不久後， 奶奶
連媽媽也忘了。
毛奇妮不斷的祈禱：「沒關係，
只要奶奶不要忘記我就好了。」
她好希望不要再有拼圖遺失。

但是ㄕˋ，奶ㄋㄞˇ奶ㄋㄞˇ的ㄉㄜ˙
記ㄐㄧˋ憶ㄧˋ拼ㄆㄧㄣ圖ㄊㄨˊ並ㄅㄧㄥˋ沒ㄇㄟˊ有ㄧㄡˇ停ㄊㄧㄥˊ止ㄓˇ
遺ㄧˊ失ㄕ。過ㄍㄨㄛˋ了ㄌㄜ˙不ㄅㄨˋ久ㄐㄧㄡˇ，奶ㄋㄞˇ奶ㄋㄞˇ連ㄌㄧㄢˊ毛ㄇㄠˊ奇ㄑㄧˊ
妮ㄋㄧˊ也ㄧㄝˇ忘ㄨㄤˋ記ㄐㄧˋ了ㄌㄜ˙。她ㄊㄚ不ㄅㄨˋ記ㄐㄧˋ得ㄉㄜˊ毛ㄇㄠˊ奇ㄑㄧˊ妮ㄋㄧˊ
的ㄉㄜ˙名ㄇㄧㄥˊ字ㄗˋ、不ㄅㄨˋ認ㄖㄣˋ得ㄉㄜˊ自ㄗˋ己ㄐㄧˇ的ㄉㄜ˙小ㄒㄧㄠˇ孫ㄙㄨㄣ女ㄋㄩˇ。
毛ㄇㄠˊ奇ㄑㄧˊ妮ㄋㄧˊ好ㄏㄠˇ生ㄕㄥ氣ㄑㄧˋ，奶ㄋㄞˇ奶ㄋㄞˇ怎ㄗㄣˇ麼ㄇㄜ˙可ㄎㄜˇ以ㄧˇ忘ㄨㄤˋ
了ㄌㄜ˙她ㄊㄚ？她ㄊㄚ是ㄕˋ奶ㄋㄞˇ奶ㄋㄞˇ最ㄗㄨㄟˋ好ㄏㄠˇ的ㄉㄜ˙搭ㄉㄚ檔ㄉㄤˋ啊ㄚ！

現在奶奶卻忘了
毛奇妮，連她們
之間所有的祕密也
通通忘了。

奶奶不要
毛奇妮了！

毛奇妮好害怕，她不知道該怎麼辦。
生氣的毛奇妮決定她也不要奶奶，她也
要忘了奶奶！ 毛奇妮決定今天不要帶奶
奶去森林裡散步。

她ㄊㄚ以ㄧˇ為ㄨㄟˊ只ㄓˇ要ㄧㄠˋ看ㄎㄢˋ不ㄅㄨˊ到ㄉㄠˋ奶ㄋㄞˇ奶ㄋㄞ，
就ㄐㄧㄡˋ可ㄎㄜˇ以ㄧˇ把ㄅㄚˇ奶ㄋㄞˇ奶ㄋㄞ忘ㄨㄤˋ記ㄐㄧˋ。
但ㄉㄢˋ是ㄕˋ森ㄙㄣ林ㄌㄧㄣˊ裡ㄌㄧˇ的ㄉㄜ一ㄧˊ切ㄑㄧㄝˋ，
都ㄉㄡ讓ㄖㄤˋ她ㄊㄚ想ㄒㄧㄤˇ起ㄑㄧˇ奶ㄋㄞˇ奶ㄋㄞ。

整個森林充滿著毛奇妮和奶奶的回憶。 毛奇妮越想把奶奶忘記， 想起來的事情就越多。

「好不公平， 為什麼奶奶可以忘記我， 我卻越來越想她？」

毛奇妮覺得好委屈， 她一路哭著回家， 沒想到到了家門前， 竟然看到奶奶站在門口哭泣。

「奶奶找不到你，急得一直哭。」媽媽說：「奶奶誰都不要，只要毛奇妮。」毛奇妮覺得好困惑，為什麼奶奶好像忘了她，卻又好像知道她是誰？

媽媽安慰毛奇妮：「奶奶沒有忘記毛奇妮，只是因為生病了，所以才想不起來。奶奶內心最深最深的地方，還是很愛你。所以她不要別人，只要毛奇妮。」
媽媽問毛奇妮，願不願意帶奶奶到森林裡走走。

毛奇妮點點頭， 奶奶開心的笑了。

像從前一樣， 奶奶和毛奇妮在森林裡度過了愉快的
下午。 一直到夕陽西下， 兩人才慢慢走回家。

日漸遺失的記憶 文/廖玉蕙（文學名家）

　　本書以森林為背景，摹寫生命中去之不得、承受無方的困境。

　　累積豐富生命經驗的老奶奶原本像吃了桑葉的蠶，日日吐出美麗的絲來。她教會孫女實用的謀生技能、人際的拿捏，也引導孫女培養出抽象的美學。這樣的清明卻在無預警間變了調，健忘、認不得朋友、親人，甚至在最熟悉的森林迷失了方向，一椿椿、一件件，都讓智慧逐漸增長的孫女既驚且疑。奶奶日漸傾頹的記憶，像神祕複雜的森林，讓人摸不著底細。森林裡原先的繁花盛放、百鳥齊鳴，都翻成祖孫不能承受的森黑。

　　天真的孩童深情地設法埋頭修補：東西貼上名字、電話號碼記在簿裡，還幫奶奶做了條有家裡電話和地址的美麗項鍊。但記憶拼圖依然一片片剝落，不肯止息。孫女頑抗不放棄，反饋奶奶曾經傳授的技藝連同彼此間的小祕密，還不氣餒的畫了一張時相共遊的森林地圖，企圖喚醒奶奶出走的靈魂。

　　生老病死如同四季，是人生的必然，如何面對、直視，成為艱難的課題。本書從甜蜜的互動出發，走向驚詫的發現，然後邁向補救、回饋的途程，雖曾失望出走，最後總算回歸，憑藉美好的記憶重新出發。

　　失智問題已成為世紀新病症，不只困擾著老人，更帶給周邊的親人無限的惆悵。臺灣已進入高齡化社會，這問題勢必成為稚齡孩童成長過程中難以釋懷的疑惑。本書將陪伴人們理解這難以抗天的遺憾，以有效的方法彌縫缺漏並學會止痛療傷。